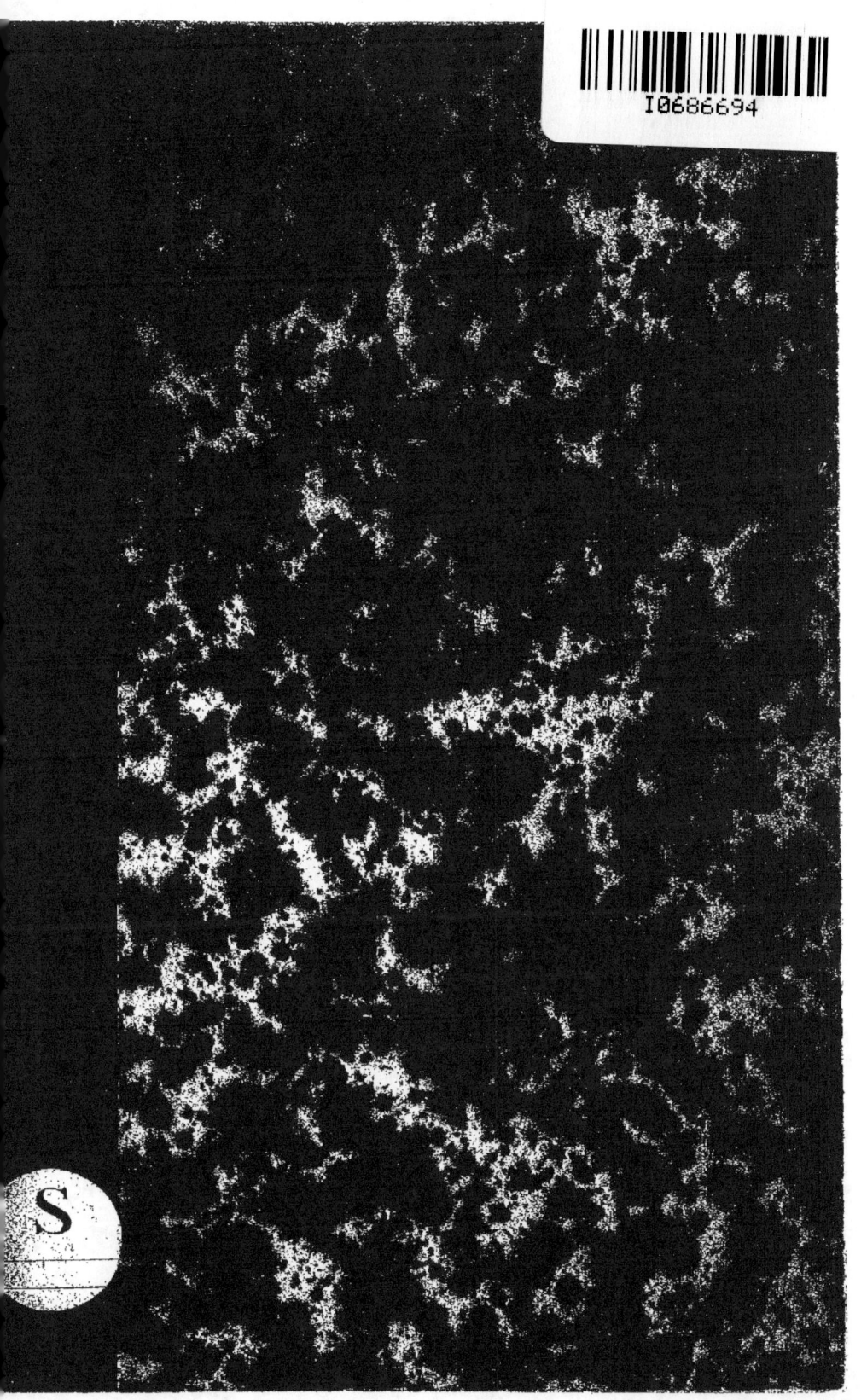

S

de Longuerue

ÉTUDE

SUR

L'ENQUÊTE DU CONSEIL D'ÉTAT

(1859)

RELATIVE A LA

LOI DES CÉRÉALES

(ÉCHELLE MOBILE)

Gratum opus agricolis!

BORDEAUX

IMPRIMERIE ET LIBRAIRIE MAISON LAFARGUE

L. CODERC, F. DEGRÉTEAU ET J. POUJOL, SUCCESS⁹

RUE DU PAS-SAINT-GEORGES, 28

1861

SIMPLE AVIS AUX CULTIVATEURS FRANÇAIS

ÉTUDE

SUR L'ENQUÊTE DU CONSEIL D'ÉTAT

(1859)

RELATIVE A LA LOI DES CÉRÉALES

(Échelle mobile)

Gratum opus agricolis !

AVANT-PROPOS

Je me suis souvent demandé ce qui arriverait si un nouveau Joseph, ayant à interpréter un songe impérial et y rencontrant les sept vaches grasses et les sept vaches maigres de l'Écriture-Sainte, annonçait sept années d'abondance et sept années de famine.

Je me suis cru autorisé à conclure, d'après l'esprit de notre société, d'après ses antécédents et en supposant même qu'elle eût la foi : qu'elle continuerait à gaspiller, pendant sept ans, des produits qu'elle croirait inépuisables ; à réduire les producteurs de blé à la misère, à les dégoûter de leur industrie, à les forcer de renoncer à leurs cultures dès la seconde ou la troisième année d'abondance, sauf à les rendre responsables de ses souffrances et de sa faim, à les taxer d'égoïsme et à accuser le Gouvernement d'incurie, dès que la période de maigreur se ferait sentir.

Je puise mes convictions dans l'esprit d'imprévoyance qui caractérise les masses, dans l'oubli et l'abandon qui frappent l'Agriculture dès que les Gouvernements, même les plus paternels, croient avoir traversé les périodes difficiles, et dans le manque d'union, dans le défaut de foi en soi-même qui fait la faiblesse de la classe appelée à nourrir les nations.

Je vais plus loin, et je dis qu'au milieu de nos populations agglomérées, il n'est point nécessaire d'interpréter les songes ; que les alternatives de récoltes sont l'état normal, certain, nécessaire, et que cependant rien n'a été fait, jusqu'ici, pour parer à des crises autrement redoutables, par le nombre des affamés, que celles qui forçaient les fils de Jacob à demander quelques sacs de blé à l'Égypte.

J'ai pour but de rechercher et d'analyser les causes réelles de ces crises, pour en découvrir le remède.

Bordeaux, le 25 Février 1859.

De LONGUERUE.

I

L'agriculture est une industrie qui, par exception aux autres industries, est en perte permanente.

Dans l'enquête dirigée par le Conseil d'État, sur la révision de la législation des céréales, un des membres de la Commission adressa à M. Lupin, propriétaire, une question qui comprenait intrinséquement la solution de ce vaste travail entrepris par les ordres de l'Empereur et conduit avec un si rare discernement et une si parfaite bonne foi, par les Conseillers délégués.

Voici cette question, 2ᵉ vol, page 711, 2ᵉ paragraphe :

« Vous faites-vous une idée des causes à raison des
» quelles, l'Agriculture française est tellement dénuée
» de capitaux, et entrevoyez-vous quelques circonstances
» qui pourraient mettre quelques fonds entre les mains
» des cultivateurs de votre contrée ? »

M. Lupin répondit seulement à la dernière partie :
« Je ne vois pas qu'il y ait de moyens, par l'effet du
» Gouvernement, d'arriver à cela. Dans mon pays, la
» terre est à bas prix ; or, il répugne à un propriétaire
» de dépenser 300ᶠ, 500ᶠ pour l'amélioration d'un hec-
» tare de terre qui ne vaut que 300ᶠ ».

La réponse à la première partie de la question posée se trouve à chaque pas de l'enquête. Il ne s'agit que de la dégager de dépositions parfois confuses. C'est ce qui va être essayé.

M. de Lavergne dit (p. 14 vol. 1) : « J'ai des intérêts
» dans deux parties de la France, dans le centre et dans
» le midi. Dans la Creuse, on ne produit pas de froment :
» on n'y cultive que du seigle et encore le plus souvent
» en perte. »

M. Darblay aîné, page 44, 2ᵉ alinéa, est dans la même conviction, et de même, page 50; — M. d'Herlincourt, page 81.

M. Moll, page 95, dit : « La gêne et la souffrance ont » toujours été l'état normal de l'agriculture en France : » la preuve, c'est qu'on ne pourrait citer, dans toute » l'étendue du pays, une seule grande fortune créée par » l'agriculture, mais qu'en revanche, on cite partout » de nombreux désastres agricoles. »

M. Dailly par les comptes de 10 années de culture, établit que sur la propriété d'Étul (pages 120-121) il a perdu 4ᶠ 59 par hectolitre de blé *en moyenne*. C'est significatif chez un pareil cultivateur.

M. le Comte de Kergorlay (p. 147, 4ᵉ vol.) émet un doute qui équivaut presque à une affirmation, il dit : « Je ne crois pas que l'agriculture ait fait d'immenses » profits, mais je ne puis pas croire qu'elle ait été cons- » tamment en perte depuis 40 ans. »

Cette déposition émane d'un homme sérieux, elle a, comme les précédentes, une très-grande valeur.

M. Lemaire (p. 171) dépose : « Je dois dire au Conseil, » que dans ce moment l'agriculture est dans une grande » détresse et que les prix qu'elle obtient sur le marché » ne sont pas suffisamment rémunérateurs : j'ajoute que » les exigences de la main-d'œuvre, qui augmente, à » un si haut degré, notre prix de revient, ne profitent » pas à bon nombre d'ouvriers, en ce sens qu'au lieu de » faire des épargnes, beaucoup se démoralisent; et dans » cet état, si l'émigration continuait, l'agriculture serait » très-menacée; c'est donc une chose effroyable pour » nos contrées, et la conséquence fatale à en tirer, c'est

» qu'avant peu et cela durant, il pourrait y avoir des
» terres incultes aux environs de Paris. »

En comparant les prix dont parle M. Lemaire avec ceux
de vingt autres années, on restera convaincu que les faits
graves qu'il signale ne sont point le résultat d'une circonstance exceptionnelle.

M. de Veauce (p. 213) établit une perte de 3ʳ 50 par
hectolitre, malgré des évaluations au plus bas.

M. Vachon (p. 420) pose cette question. « Quant à un
» intérêt pécuniaire, qui pourrait dire que, dans l'état
» économique où se trouve l'industrie agricole, ceux
» qui savent compter, viennent le chercher là? »

L'affirmation de M. de Lescourt s'appliquant (page
578 2ᵉ alinéa) à des cultivateurs vivant de blé noir et
d'avoine, entraîne les mêmes conclusions.

M. de Béville dit : (p. 97 2ᵉ vol) « Dans l'avenir,
» comme dans le présent, la raison d'état voudra que son
» système de droits différentiels ne soit appliqué que dans
» le cas ou l'échelle mobile porte préjudice à l'agricul-
» ture, et, comme aujourd'hui, on sera conduit à la sus-
» pendre, à la supprimer, alors qu'elle serait utile au
» cultivateur pour le faire rentrer dans les pertes qu'il a
» subies dans les années de bas prix. »

M. Roques Salvaza (p. 114, 5ᵉ alinéa) dit : « Le per-
» fectionnement des méthodes et des instruments de
» culture ne se fera qu'avec des capitaux qui supposent
» des bénéfices et non des pertes continues. »

M. Lecoûteux (p. 171) dit : « Le grand malheur, c'est
» la pauvreté de notre agriculture : dans les années d'avi-
» lissement du prix des grains, les cultivateurs devien-
» nent, eux-mêmes, les artisans de leur misère ; il faut

» vendre, à tout prix , quand il s'agit de payer les ferma-
» ges, les impôts; et plus ils sont pauvres, plus ils doivent
» vendre à bon marché. Si l'agriculture était suffisam-
» ment riche, il y aurait des réserves faites par les
» cultivateurs eux-mêmes , réserves à domicile qui
» seraient un élément de régularisation du prix des sub-
» sistances. »

Et plus loin (p. 172) « Le prix de revient étant de 20ᶠ
» et le prix de vente descendant à 14ᶠ, nos cultivateurs
» ne peuvent être que misérables; l'Allemand basant son
» agriculture sur le fermage (1) et le bétail, peut pro-
» duire le blé au-dessous du prix de vente, et *nous trop*
» *souvent, (je parle de la mauvaise agriculture)*, nous le
» produisons à un prix de revient plus élevé que celui au-
» quel nous le vendons. »

M. Barbet (p. 483) affirme : « Si les propriétaires ne
» voulaient servir que leurs intérêts, ils conseilleraient
» à leurs fermiers de ne plus faire de céréales. »

M. de St-Germain (p. 535) : « Si vous avez un fer-
» mier qui veuille exploiter à prix d'argent, par des
» journaliers, il ne s'en tire pas; c'est une condition
» très-mauvaise : il n'y a pour l'agriculture de la plus
» grande partie de la France, que deux conditions qui
» soient bonnes : l'agriculture de famille, l'agriculture du
» fermier, exploitant surtout par lui-même, par sa
» femme et par ses enfants et bien entendu, ne comptant
» pas le prix de la journée de la famille : ou bien l'agri-
» culture du propriétaire riche ayant des capitaux consi-
» dérables et pouvant faire une culture intensive qui

(1) On a sans doute dit *fourrage*.

» coûte beaucoup, mais qui rapporte aussi beaucoup.

» Lorsqu'on décompose, soit officiellement pour les
» commissions de statistique, soit officieusement pour se
» rendre compte à soi-même, les produits d'une petite
» ferme, dans les conditions de la contrée que j'habite
» (Manche), on arrive, pour ainsi dire, à l'impossible.
» Toutes les fois qu'on veut se rendre compte du prix de
» la journée de cheval, de bœuf, d'homme, d'enfant ;
» calculer tout ce qui se dépense dans la ferme et tout ce
» qu'elle produit, on arrive à zéro. »

M. le Baron Thenard (p. 647) déclare : « Mais, pour
» que les procédés s'améliorent, il faut de l'argent ; et
» pour qu'on mette de l'argent en agriculture, il faut
» qu'on en gagne, tant qu'on n'en gagnera pas, les culti-
» vateurs n'en auront pas et ceux qui ne sont pas culti-
» vateurs et qui ont de l'argent, ne se feront pas
» cultivateurs de peur de perdre ce qu'ils y mettraient. »

Pour bien mesurer la portée des ces diverses déclara-
tions, il faut remarquer qu'elles prennent leur source
dans un sentiment diamétralement opposé à celui qu'on
a, plusieurs fois, constaté dans les enquêtes industrielles,
alors qu'un mot d'ordre est donné à quelques hommes
intéressés, au même titre, à faire modifier telle ou telle
disposition fiscale, telle loi de douane trop libérale pour
les produits étrangers ou trop gênante pour l'industrie
qui se trouve en instance auprès de l'administration. Ici,
c'est presque une manifestation involontaire de la vérité
qui se fait jour : les déposants cherchent à l'expliquer,
à l'atténuer en ce qu'elle a de grave comme état normal
et fatal de l'agriculture française : leurs affirmations se
résolvent, en général, dans le manque des capitaux ;

quelques-uns s'en prennent résolument à l'élévation du prix du fermage.

Un dernier témoignage vient corroborer puissamment le fait qu'on a essayé de mettre en lumière, *la perte permanente* de l'agriculture en France. C'est le témoignage de l'homme qui a donné la plus vive impulsion à l'art agricole, de l'instituteur de nos plus éminents cultivateurs, de M. Mathieu de Dombasle.

On sait que la ferme de Roville était régie, par lui, pour le compte et avec les capitaux d'une réunion d'actionnaires agriculteurs eux-mêmes ; que la comptabilité destinée à former école était tenue de la manière la plus rigoureuse et que, chaque année, le régisseur présentait les résultats de sa gestion, en assemblée générale. Ce sont bien-là, toutes les garanties exigées par l'industrie ordinaire. Ces comptes, pour une période de 7 années, se liquident par une perte définitive de 23,500ᶠ sur le capital employé à produire 4,017 hect. de froment ; cette perte représente 5ᶠ 85ᶜ par hectolitre. Le prix moyen de revient était de 23ᶠ 70ᶜ. Le prix moyen de vente a été de 17ᶠ 85ᶜ.

M. Mathieu de Dombasle a constamment lutté contre la conclusion fatale qui devait être tirée d'un fait aussi grave ; c'est la préoccupation constante de son esprit dans des publications où se fait remarquer une grande habileté : il attribue les pertes de Roville à l'insuffisance du capital d'exploitation et à l'élévation du fermage. Il ne pouvait, comme tous les hommes ardents, fortement engagés dans l'amour de leur art, consentir à frapper cet art d'un discrédit sans appel. Plus tard, on examinera, avec soin, les motifs allégués par lui et par les

autres cultivateurs entendus devant le Conseil d'État,
dans l'intérêt de la même argumentation.

II

**C'est par une fausse application des principes économiques
qu'on a admis, jusqu'ici, l'impossibilité d'une perte permanente.**

Les hommes qui écrivent sur les matières agricoles,
ont raison de comparer l'agriculture à une industrie :
cette assimilation est la source et le principe de nombreux
progrès qui ont été réalisés dans ces derniers temps ;
mais il y a une différence essentielle qu'on oublie de
signaler et qui explique bien des anomalies apparentes.

L'industriel achète la matière première, il la trans-
forme par son travail et vend le produit manufacturé
dont le prix se compose :

1° Du coût de la matière première,

2° De la main-d'œuvre (salaires),

3° De l'intérêt du capital,

4° Du bénéfice.

Si par suite de la concurrence intérieure ou étrangère,
le prix de l'objet manufacturé diminue, le fabricant
dispose de plusieurs expédients.

Le 1er moyen est de diminuer le salaire.

Le 2e, de réduire la quantité de matière première
employée et par conséquent le prix de revient : il y a
différence de qualité ou fraude dont l'acheteur ne s'aperçoit pas ou qu'il n'apprécie pas immédiatement et qui a
toujours, pour résultat certain, de mettre le produit à
la portée d'un plus grand nombre.

Le 3e moyen est de ralentir la fabrication, portant, si
c'est possible, le travail sur un autre objet : la produc-

tion diminuant, le prix se relève et devient rémunérateur. Le plus souvent, ce moyen se combine avec la baisse du salaire et d'autant plus sûrement, qu'il y a alors surabondance d'ouvriers.

Il arrive fréquemment que ces trois moyens fonctionnent simultanément et sauvegardent l'intérêt industriel qui n'admet qu'exceptionnellement la réduction des deux derniers éléments de son prix de revient, l'intérêt du capital et le bénéfice : dès-lors que la réduction de ces deux articles devient un état normal, la position se tranche par l'abandon d'une industrie réputée improductive.

On remarquera, sans doute, qu'on ne s'est pas arrêté spécialement à la réduction possible du 3ᵉ élément, au moyen d'évolutions plus rapides du capital engagé; qu'on n'a pas examiné l'expédient qui consiste à diminuer le 2ᵉ article (salaires) par un surcroît de travail imposé à l'homme ou par un changement de proportion entre le travail humain et le travail mécanique. On a supposé, pour l'industrie, un état avancé, normal, égal pour les concurrents.

En résumé, comme le disait un ministre américain «Vous « aurez beau faire : l'industriel vous présentera tou- » jours la facture de ses déboursés quels qu'ils soient, » sans oublier l'intérêt de son capital et le béné- » fice. » En effet, l'industrie est constituée de telle sorte par le petit nombre de ceux qui y prennent part ; l'égalité, le parallélisme général des concurrents est tel, que l'industriel est pour ainsi dire, désintéressé dans la hausse des matières premières et des salaires, qui ne peut avoir d'autre résultat fâcheux, pour lui, que de réduire le nombre des consommateurs ou de restreindre la consommation par tête. L'industrie est réellement une corporation dont les intérêts sont tellement identiques, à part quelques habiletés exceptionnelles, qu'elle répondra unanimement à une hausse de la matière première ou du salaire, par une hausse équivalente du produit ou une différence de qualité ; elle répondra à une baisse de ses produits, par l'abaissement des salaires, de la matière première ou de la qualité; en l'absence de ces moyens, elle cessera ou ralentira sa fabrication ; jamais elle ne consentira à vendre au-dessous du prix de revient. Le peu de durée de ses opérations, leur analyse si facile au moyen d'une comptabilité rigoureuse, ne laissent pas un instant de doute dans l'esprit le moins clairvoyant : elle s'arrête, dès qu'elle perd, avec une simultanéité qui écarte la possibilité d'une perte permanente, car elle conserve ses restes de magasin plutôt que de fabriquer en perte.

L'agriculture n'a point les mêmes ressources : si elle vient à s'apercevoir de ses pertes, elle ne peut diminuer les salaires ; ils sont calculés aux taux le plus réduit ; ils ne représentent, en sus de la nourriture du travailleur qui bien peu d'excédant pour le plus modeste bien-être : ils sont impuissants pour retenir le manœuvre dans les champs; ils ne peuvent être diminués sans faire délaisser la culture à une classe qui y est trop portée déjà.

Le second moyen manque également à l'agriculture, surtout en matière de céréales : la qualité ne peut être ni diminuée ni fraudée.

Reste le troisième moyen, la réduction de la production pour relever les prix s'ils sont avilis, ou bien l'élévation de ces prix par le refus de vendre à perte. Ici, il faut constater qu'une cause, dont sont exemptes les autres industries, pèse lourdement sur l'agriculture et jette une grande incertitude sur ses opérations : c'est l'éventualité des saisons qui déjoue tellement tous les calculs les plus sages que l'on arrive à comprendre que le cultivateur se livre au hasard ! Tout est mobile autour de lui, il ne peut faire aucune comparaison certaine non-seulement avec les sols situés dans l'étendue de son canton, mais avec ceux de sa commune et même de son voisin ; le moment de l'ensemencement, la qualité de la semence, l'époque des labours, leur nombre, leur profondeur, la qualité et la quantité des engrais, la succession des récoltes antérieures sont autant d'éléments dont les variations les plus légères influent gravement sur la réussite dans une circonstance donnée.

Les bases manquent donc pour établir un prix de revient, applicable à la généralité des producteurs, prix de revient que le rendement de la récolte modifie du tout au tout. La marge qui est laissée au cultivateur est d'ailleurs si restreinte, qu'il ignore si, aux prix qui lui sont offerts, il perd ou il gagne ; si une augmentation de 1 franc par hectol. ne changerait pas sa perte en gain et réciproquement.

Quand bien même et par exception, il serait fixé sur une perte certaine, il ignore si cette perte n'est point une exception à lui personnelle et si le prix offert n'est point rémunérateur pour la majorité; s'il ne doit point alors se résigner a une perte relativement modique, de peur d'encourir une perte double ou triple.

Le cultivateur absorbé dans son travail quotidien a contre lui : 1° le pouvoir toujours empressé, malgré de cruels enseignements, à exagérer les récoltes générales, à en dissimuler l'insuffisance, aussi longtemps que c'est possible : c'est l'histoire des dernières années ; 2° un commerce insuffisant, vivant au jour le jour, de quelques misérables différences, poussant à des transactions en dissimulant au vendeur l'état du marché ; 3° et enfin, des ressources généralement restreintes, et une grande timidité prenant sa source dans des mécomptes précédents.

En général, le cultivateur manque de guide ; les publications locales placées sous la dépendance directe des populations urbaines dont il faut ménager les abonnements, ou sous la férule du pouvoir qui préconise les bas prix, enregistrent avec zèle l'abondance exceptionnelle constatée dans telle ou telle province, atténuent la disette de telle ou telle autre. Si un cri d'alarme est poussé par une feuille imprudente, elle est suspecte de favoriser des spéculateurs sans entrailles, un rappel à l'ordre la frappe brutalement, et une rétractation lui est imposée. Comme conséquence de cette tactique permanente, le cultivateur ne tire pas de ses produits, le prix auquel il pourrait légitimement aspirer, et ce n'est qu'à une époque avancée de l'année que les cours se nivellent avec le prix de revient général, si on renonce à les dominer ; c'est rarement le laboureur qui profite de leur élévation définitive.

Maintenant, comment au milieu de tant de causes qui rendent la vérité si difficile à saisir, serait-il possible que le meilleur esprit songeât à étendre ou restreindre ses cultures, dans un calcul d'avenir ? L'opération agricole dure un an ; quelles profondes perturbations peuvent survenir dans cet intervalle, prenant leur source dans le rendement plus ou moins favorable d'une récolte encore inconnue au moment des semailles? Quelle chance d'arriver juste dans une question où tout est inconnu, avec un marché si immense, avec un nombre de producteurs infini, et au milieu de conditions si variées ?

Il arrive bien quelquefois que l'agriculture par lassitude, par découragement, réduise ses ensemencements au bout de deux ou trois années de pertes graves, palpables ; qu'elle tente alors de remplacer partiellement la culture du froment par une autre moins ingrate ; mais ce n'est pas, par calcul, qu'elle opère ainsi, car elle a un sentiment intime de la mission qui lui est dévolue dans l'alimentation des masses, mission dont le moindre paysan a l'instinct, — et puis, il n'est pas facile de modifier, à volonté, l'emploi et la direction de cet immense capital qu'on appelle la terre ! que de pertes, de tâtonnements pour changer une culture, et quand on y est parvenu, après bien des sacrifices, les choses sont changées, et les blés sont montés à un taux de disette !

Le troisième moyen dont dispose l'industrie, manque donc, comme les deux autres, à l'agriculture.

En résumant cette discussion, l'agriculture n'est pas homogène comme l'industrie : il n'y a pas d'unité, de solidarité possible en face de la diversité des éléments de la production, et notamment de l'influence des climats et des intempéries locales. L'agriculture manque des trois expédients principaux dont dispose l'industrie manufacturière, son capital est profondément engagé à long terme ; les évolutions de ce capital sont difficiles, souvent impossibles ; les bases manquent à ses calculs d'avenir, la moindre certitude à ses combinaisons les plus sages. Chargée de créer des produits de première nécessité, elle est toujours, dans ses moyens de plus légitime défense, placée sous une accusation d'égoïsme et de la part du pouvoir qui ignore ses vraies conditions, et de la part des masses dont la faim est exigeante, l'intelligence étroite et la prévoyance nulle. Elle se trouve donc privée de toutes les armes industrielles qui servent à maintenir les prémisses sur lesquelles repose la logique des économistes ; leurs raisonnements ne doivent lui être appliqués qu'avec une grande circonspection, sous peine de commettre de graves erreurs ; ainsi, contrairement à l'industrie ordinaire, elle peut être en perte permanente. Les pertes agricoles sur la culture des céréales, se dissimulent tant qu'elles sont couvertes par des bénéfices dus à d'autres cultures, tant que des économies antérieures y suppléent, et aussi longtemps que le cultivateur peut se faire illusion sur la plus-value résultant de ses travaux, ou sur les compensations que présenteront les récoltes suivantes. En l'absence d'une comptabilité régulière, ces pertes ne se liquident que par la vente du domaine ou l'abandon de la ferme ; un acquéreur nouveau, négociant, industriel ou fonctionnaire public, viendra continuer l'œuvre agricole, au moyen d'économies puisées à des sources privilégiées.

C'est ainsi que cette industrie se perpétuera quoique ruineuse: c'est l'industriel agriculteur qui se retirera pour faire place à un autre. Le même sort attend généralement l'acquéreur dont il a été question ; car le prix du domaine s'est augmenté d'une partie des sacrifices antérieurs, des droits d'enregistrement, etc... C'est ici qu'il faut remarquer qu'il s'établit, entre l'agriculture vendant à perte et les industriels profitant de ces pertes, une balance de restitutions à longues échéances, par suite de l'attraction qu'exerce sur les hommes, l'amour de la propriété foncière; leur tour viendra, pour eux ou pour leurs enfants, de voir fondre dans la propriété agricole, les bénéfices accumulés dans les autres carrières ; cette observation servira à expliquer le perpétuel virement de la fortune mobilière dans une de ses causes les plus puissantes. On en conclura, avec certitude, que toute classe s'adonnant constamment au commerce et à l'industrie, préservée par son organisation ou par des causes durables, de l'entraînement agricole, des pertes normales que comporte l'agriculture, verrait s'accroître, chaque année, sa richesse. C'est l'histoire du peuple Juif si peu nombreux, produisant si peu de travail, et détenteur, cependant, de la plus grande fortune mobilière du globe. Ne serait-ce pas cette observation transmise, du père aux enfants, dans la famille Israëlite qui expliquerait cette répulsion générale pour l'agriculture, cet éloignement des occupations agricoles, bien plus sûrement que les règlements en vigueur dans plusieurs Etats, règlements qui interdisaient aux Juifs d'acquérir la propriété foncière, et les livraient à de fréquentes persécutions.

III

Preuves directes qui peuvent être produites à l'appui de la thèse émise que l'Agriculture est en perte permanente.

Dans le chapitre précédent on a exposé comment fonctionne l'industrie ordinaire, vendant toujours ses produits à un taux rémunérateur.

Si l'on veut entrer plus avant dans la question et analyser les détails de chaque corps d'état, dans la fixation
de son bénéfice proportionnel , on remarquera que le
tailleur , le cordonnier , le forgeron déterminent le prix
qu'ils exigent pour leur vêtement , leur chaussure ou
leur outil , en tenant compte des frais de loyer , de pa-
tente, d'impôt, de nourriture et d'entretien , et même
des non-valeurs pour débiteurs défaillants; — chaque
industrie élève , d'un commun accord , le prix de l'objet
qu'elle livre, de manière qu'en fin de compte , un bénéfice annuel forme une épargne après toutes les charges
acquittées. — Une seule industrie ne présente pas sa
facture, on l'a fait remarquer; et c'est, par conséquent ,
celle-là qui représente le compte de profits et pertes de
cette société de travail : c'est l'agriculture. C'est à elle
qu'il appartient de solder , en définitive, tous ces comptes
qui doivent se régler tous en bénéfice. Outre ses charges
directes qu'elle supporte , il résulte du mécanisme qui
vient d'être indiqué , que les charges imposées à l'Industrie, retombent indirectement sur l'Agriculture, et
qu'elle les supporte intégralement.

Une simple observation semble suffisante pour mettre
hors de doute, l'état d'infériorité de l'agriculture dans
la répartition directe ou indirecte de la richesse publi-
que, c'est le nombre toujours croissant des mutations
foncières. Celui qui veut analyser les circonstances qui
amènent si fréquemment la vente des domaines, reconnaîtra que, contrairement à l'industriel qui vend son
fonds quand sa fortune est faite, l'agriculteur ne vend sa
propriété que quand il est ruiné, et se trouve dans l'impossibilité absolue d'aller plus loin ; la multiplicité des

ventes qui a pour résultat d'augmenter les revenus de l'enregistrement, prouve que ce fait est continuel, et s'il a pour résultat de faire pousser un cri de triomphe aux hommes de finance, et de faire croire à la prospérité générale, il sera, pour l'observateur judicieux, la marque certaine de nombreuses ruines agricoles, et la preuve des faits économiques qui ont été signalés.

Une objection sera produite : Comment, se demandera-t-on, concilier une perte permanente avec l'augmentation constante de la valeur foncière? Il est certain que si les mutations sont fréquentes, les prix de vente sont cependant croissants. Ici, il faut distinguer et se bien rendre compte de ce qui a lieu réellement. L'homme qui a exploité, vingt ans, au moyen d'un capital fort élevé au début, le domaine qu'il a acheté y a enterré le capital d'exploitation, soit dans des travaux d'amélioration du sol, nivellements, drainages, plantations; soit dans des constructions, ayant pour but l'agrément ou une meilleure administration. Tous les écrivains agricoles se récrient contre l'incommodité des bâtiments, l'insuffisance des étables, leur mauvaise distribution, la pénurie des locaux destinés aux récoltes, le mauvais emmagasinement des grains, des foins et des pailles. Ils représentent, et ils ont raison, cette parcimonieuse organisation de la ferme, comme une des causes de la stérilité des efforts du cultivateur. Il est donc logique, au nouvel acquéreur, d'essayer d'un progrès qui lui est unanimement indiqué. Cet ensemble de dépenses a pour résultat de doubler souvent le prix de l'immeuble; il faut y ajouter, de plus, les droits de mutation et d'actes; en tenant compte de ces sommes, on verra que le prix de vente ne laisse que de la perte au vendeur, même quand il suit une progression largement croissante; la dépréciation du numéraire, depuis une vingtaine d'années, a dissimulé et amoindri, mais seulement en apparence, la gravité de cette perte.

Un dernier fait reste à articuler, à propos du rappel des lois des céréales en Angleterre. Un grand enseignement résultera, pour la thèse qui est ici soutenue, de l'analyse des circonstances qui amenèrent, en 1846, la réforme des lois anglaises par S. R. Peel : réforme dont la portée et le but ont été si diversement envisagés dans la plupart des écrits agricoles, et par plusieurs des membres entendus au Conseil d'État.

On sait qu'avant 1846, l'Angleterre se trouvait placée sous le régime de l'échelle mobile, pour l'importation. Elle avait toujours joui de la liberté d'exportation qui était, pour elle, une lettre morte, puisque son marché intérieur avait toujours été le plus favorable à la vente, et ses prix les plus élevés du monde.

Sous ce régime, en présence d'une population très-dense, les blés s'étaient établis à un chiffre élevé, rémunérateur, malgré la cherté de la main-d'œuvre : l'insuffisance des récoltes anglaises étant l'état normal, habituel. Cependant, avec l'incertitude résultant de l'échelle mobile, et bien que la loi fût plus libérale que la loi française, puisque l'exportation était toujours libre, l'Angleterre n'avait point vu surgir un commerce sérieux, de même qu'il ne s'en est point établi en France.

Dans les mauvaises années, quand une large importation devenait nécessaire, quand elle était rendue possible par les variations de l'échelle mobile, elle se trouvait

insuffisante ou tardive ; de grandes privations étaient
imposées aux masses, quoique les habitudes du peuple
anglais, prenant peut-être naissance dans cet état de
choses, l'aient, par goût ou par nécessité, rendu très-
peu mangeur de pain.

L'Angleterre payait donc fort cher le blé dans les mauvaises récoltes : dans les bonnes, elle le payait encore
cher, parce que dans ce pays où la propriété est puissante et riche, où la classe des fermiers est opulente,
intelligente et unie, où la liberté existe pour tous, où
chacun dispose de sa chose comme il l'entend, pour gar-
der ou pour vendre, des réserves se créaient généralement plutôt que de vendre à perte ; ces réserves étaient
une ressource précieuse pour les années de disette, mais
elles constituaient réellement une menace pour l'intro-
ducteur imprudent.

Nonobstant cette situation bien plus favorable en Angleterre qu'en France, tout le monde se souvient des
souffrances de l'agriculture anglaise constatées par de
nombreuses enquêtes du Parlement. L'Industrie manufacturière se plaignait, de son côté, quoiqu'un remède
se fût présenté naturellement pour amoindrir, à son
égard, les conséquences de la loi des céréales. Avec les
prix élevés, il était arrivé qu'on avait pu étendre gra-
duellement la culture des céréales à des terrains inférieurs, destinés à d'autres emplois. Il est vrai que ces
terrains avaient besoin de l'assistance de sols plus riches,
de frais plus considérables, de fumiers plus abondants,
aux dépens d'autres portions de la ferme, et cela pour
donner des produits moindres au fermier anglais ; le résultat obtenu avait donc été, non pas l'abaissement du

prix du pain puisque le déficit, quoique moindre, exis-
tait toujours, mais la diminution des profits proportion-
nels du fermier et la réduction du commerce d'importation.

Ces résultats étaient fâcheux, ils pouvaient s'aggraver
rapidement, car ils étaient la conséquence forcée d'un
mauvais régime.

Ainsi qu'il a été expliqué au second paragraphe de
cette étude, l'industrie anglaise, si elle n'avait eu affaire
qu'aux consommateurs anglais, aurait pu s'accommoder
de cette situation en élevant le prix de ses propres mar-
chandises. Mais, en le faisant, elle comprenait que le
marché général du monde lui échapperait, et là était
l'intérêt sérieux de la Grande-Bretagne. En effet, les
autres nations industrielles, l'Allemagne, la Saxe, la
Suisse et la France lui sont inférieures au point de vue
du capital, des machines et du charbon, mais elles rachè-
tent cette infériorité par le prix des aliments. On ne pouvait donc, en présence de concurrents sérieux, augmenter les prix industriels sans se fermer le marché du
dehors; il fallait, et c'était l'unique ressource, faire disparaître la différence des grains : la suprématie industrielle était à ce prix. C'est ainsi que la situation fut en-
visagée par le grand ministre qui employa, pour la
résoudre, toute son influence, toute son énergie ; ris-
quant, à cette épreuve suprême, la position éminente
qu'il occupait dans le parti conservateur formé de presque
toute l'aritocratie territoriale.

Faire son profit, par une simple révision fiscale, de
tout le montant des pertes que subissent les autres
contrées productrices de grains, pertes acceptées par

elles comme une nécessité fatale : économiser, au peuple anglais, à la classe industrielle, 8 ou 10 fr. sur chaque hectolitre de blé consommé ; s'assurer, par un commerce important, de vastes réserves pour les années disetteuses ; assurer, à la marine, un fret abondant pour les retours, et des bénéfices considérables résultant d'un mouvement de trente millions d'hectolitres de grains ; devenir l'entrepôt du monde dans les moments de pénurie des subsistances, c'était réellement une magnifique opération, et aucun sacrifice ne devait coûter pour obtenir un aussi précieux résultat.

S. R. Peel, agriculteur et praticien lui-même, avait compris que l'entraînement produit par la loi des céréales avait, par l'adjonction de terres peu propres à leur culture, fait doubler l'étendue des terres arables qui comprenaient indistinctement des terres basses d'une haute valeur pour les prairies quand elles étaient irrigables, des terres hautes peu profondes utilisables pour les pâturages ; il s'agissait d'abord de ramener ces sols à leur destination normale en surexcitant la production des cultures industrielles, l'élève des chevaux, des moutons et du bétail à cornes, source de tant de bénéfices pour l'Angleterre qui doit, à ses races privilégiées, les prix élevés qu'elle obtient sur tous les marchés. La production des grains se concentrant sur des terrains particulièrement propres à cette culture, le prix de revient devait s'abaisser ; les pertes proportionnelles diminuer ou disparaître par l'augmentation du rendement favorisé par d'abondantes fumures et par la supériorité des grains anglais obtenant une préférence sensible sur les grains exotiques, fatigués souvent par de longues navigations. —

La liberté du commerce des céréales était la solution ra-
dicale, forcée de ce problème.

Ce qui inquiétait S. R. Peel, c'était le moment de
transition : il savait que les frais d'une semblable trans-
formation étaient immenses, qu'ils dépassaient les épargnes accumulées et qu'ils imposeraient, en conséquence,
de cruelles souffrances à l'agriculture. Il pensa que toutes
les classes devaient concourir à une œuvre qui devait
profiter à toutes : le principe de l'indemnité fut admis.

Les libéralités de l'Etat rendirent possibles la réunion
de plusieurs petites fermes en grandes exploitations seu-
les capables de faire face aux dépenses nécessaires et d'en
recueillir le profit ; l'expatriation des petits tenanciers,
des familles irlandaises fut facilitée ; le drainage vulga-
risé comme l'emploi des machines agricoles ; la taxe des
pauvres cessa de peser sur les campagnes.

Avec ces moyens, avec cet ensemble d'améliorations
dont le crédit public fit les avances libéralement, la production des blés, s'appliquant à des terrains d'une grande
fécondité, devenait plus économique ; les prix de revient
s'abaissaient en même temps que les grains de la Mer-
Noire, de la Baltique et de l'Amérique s'élevaient à cause
de la demande. L'économie de 300 millions obtenue
par le peuples anglais sur sa consommation annuelle,
permettait d'aider généreusement l'agriculture dans sa
réforme, sans imposer de charges nouvelles au pays.
Qu'on pèse bien les éléments qui ont déterminé la nouvelle législation de liberté, qu'on compare l'état du cultivateur anglais avant et après la loi de S. R. Peel, on
aura la clef des graves déterminations prises par cet
homme d'état : on reconnaîtra que l'enseignement à tirer

de cette loi si diversement interprétée dans son but et ses conséquences, c'est que le producteur de grains dans les pays spécialement affectés à cette culture, a fait bien long-temps le métier de dupe. Il est certain que la lumière se fera, peu à peu, à mesure que le cultivateur cherchera à se rendre compte de son prix de revient par la comparaison des rendements annuels avec les dépenses réelles; la der-nière enquête a démontré qu'on était encore bien peu avancé, en France, dans cette recherche.

IV

Recherches des causes essentielles de cet état tellement anormal, que la science invoquant les lois économiques, en a proclamé l'impossibilité.

Depuis plusieurs années, un grand nombre de livres ont été écrits sur la science agricole; mais il n'est pas difficile de reconnaître que rarement ces livres émanent d'hommes pratiques. Les conseils aux agriculteurs qui forment le fond de ces publications, conseils qu'on en-tend répéter invariablement dans toutes les réunions ayant pour mission officielle d'encourager l'agriculture, ne sortent guère d'un cercle étroit d'arguments qui ont, à force d'être répétés, acquis l'autorité de la chose jugée.

Ainsi, il est admis que les souffrances et l'infériorité de l'agriculture française sont dues uniquement à l'ab-sence d'un capital suffisant, d'un amour sérieux du progrès, de machines perfectionnées; au délaissement des champs, par les classes élevées comme par les tra-vailleurs: on a pris les conséquences pour la cause.

Il est certain que les privations que le cultivateur s'impose depuis des siècles, que le travail dur et persis-tant auquel il se livre dès le bas âge, s'exposant à toutes les variations de la température et des saisons, luttant par la plus sévère économie contre des besoins qui sont toujours bien incomplètement satisfaits, il est certain que toutes ces conditions étaient surabondantes pour créer un capital agricole suffisant, si c'était ce capital qui manquait; mais on a démontré, contrairement à cette assertion, que d'immenses capitaux venaient constamment se verser dans l'agriculture, et que constamment ils y disparaissaient, sans que la source s'en épuisât. On a fait remarquer que les beaux produits de l'enregistrement faisaient foi de cette vérité; il faut donc chercher un remède à la dilapidation des capitaux agricoles plutôt que de chercher à mettre des capitaux à portée du cultivateur; ce n'est point du crédit qu'il faut lui procurer, mais le moyen de faire honneur à ses engagements! Quand ce moyen aura été trouvé et indiqué, le crédit et même le crédit à bon marché, ne fera pas défaut, car la sécurité est beaucoup plus complète là qu'en toute autre industrie.

Quant à l'emploi des machines perfectionnées, au progrès agricole, on n'a qu'à consulter les hommes pratiques; qu'on écoute ceux qui sont venus déposer devant le Conseil d'État, on se convaincra que de grands progrès ont été introduits dans la culture, que d'immenses travaux ont été exécutés, que les machines les plus précieuses ont été introduites et vulgarisées; que des hommes d'une grande intelligence se sont adonnés à la terre depuis 50 à 60 ans, et que c'est précisément parmi eux, qu'il faut constater les plus grands désastres: partout où l'on signale un succès, on s'aperçoit de la co-existence d'une industrie accessoire en apparence, principale en réalité. — La grande comme la petite culture luttent donc stérilement contre des prix de vente insuffisants ; a dernière, pour se contenter de ces prix, est réduite à faire bon marché ou à omettre entièrement son travail personnel, celui de sa famille, bien qu'il commence avant le jour et ne finisse que bien tard ; la première ne peut se faire illusion, qu'en ne tenant point compte de l'intérêt de ses avances et de sa terre, en renonçant à toute réserve pour les cas inprévus. Cet argument sera définitivement écarté, et l'on ne verra, d'un autre côté, dans le délaissement des champs qui a été signalé, que la conséquence normale d'une situation fatale et non la cause de cette situation.

Des hommes d'une grande valeur comme économistes et comme praticiens, M. Mathieu de Dombasle et M. Léonce de La Vergne, ont, à des degrés divers, employé les arguments précédents dont il vient d'être fait justice, et il est inutile d'y revenir ; mais c'est à eux qu'appartient spécialement une autre catégorie d'assertions qui a besoin d'être sérieusement examinée ; c'est à l'exagération du fermage qu'ils se sont résolument attaqués, tant pour l'Angleterre que pour la France : les propriétaires, par leurs exigences, seraient cause des désastres de la culture.

Il sera facile de démontrer que le débat n'est que déplacé, et que la solution reste la même après cette distinction faite entre le fermier et le propriétaire cultivant par lui-même.

La ferme de Roville était prise, à bail, par M. de Dombasle, au prix de 40 fr. l'hectare des terres arables, et 75 fr. l'hectare de prairies. C'est ce prix qui a été signalé comme trop élevé, comme la cause des pertes éprouvées, c'est ce prix qu'il s'agit d'analyser.

Si on suppose une ferme renfermant quatre-vingt-dix hectares de labour et dix hect. de prairies, on ne fera aucune difficulté d'admettre que le capital indispensable pour doter cette ferme des parcs, greniers, magasins et logements nécessaires pour l'exploitation ne soit en moyenne de. 40,000ᶠ

· Que le capital immobilisé dans les travaux de la terre, fossés, dérochements, nivellements, défoncements, assainissements et ensemencements, ne s'élève, en moyenne, à 200 fr. par hectare. 20,000

C'est donc un capital de 60,000 fr. qui grève, à tout jamais, la ferme en question, et cela avant qu'aucun revenu ne soit prélevé par le propriétaire qui crée cette exploitation, c'est-à-dire annuellement 3,000ᶠ

Si l'on évalue, à une dépense annuelle de 500 fr., le gros entretien des bâtiments, couvertures, maçonneries, ponts de service, assurances contre le feu 500

L'impôt est en moyenne de 15 fr. par hectare. 1,500

Le total des charges qui ne profitent nullement au propriétaire est donc de 5,000

M. de Dombasle ne payant proportionnellement que 4,350

laissait encore le propriétaire en perte annuelle 650 sur ses avances, bien loin de lui payer une rente exagérée pour la valeur du fonds.

Ce raisonnement est général, il s'applique à toute pro-

priété : si pour rendre la culture lucrative, il fallait nécessairement ruiner le détenteur du sol, celui qui par lui
ou par les siens, a créé la ferme, l'a défrichée, l'a mu-
nie de bâtiments, on n'aurait réellement que déplacé le
débat. Il serait toujours vrai que l'industrie agricole est
une industrie ruineuse et que bien fou est celui qui veut
lui porter ses capitaux.

Il reste donc démontré que ce n'est pas à l'élévation
du fermage qu'il faut attribuer la gêne agricole : la cause
véritable c'est le bas prix, ou pour parler exactement,
les écarts excessifs et non justifiés dans le prix des céréales. Mais, dira-t-on, si le cultivateur abaissait son prix
de revient ; si, par l'habileté de son exploitation, il obte-
nait des produits beaucoup plus considérables, il aurait
du bénéfice en vendant au même prix, au lieu de subir
une perte : s'il remplaçait, par des machines, le travail
humain, il serait indépendant des hausses du salaire. Ce
serait revenir dans un cercle vicieux que d'analyser ces
arguments ; puisque la misère de l'agriculture résulte
évidemment de l'encombrement qui se produit immédiatement sur le marché dans les années d'abondance et
mêmes dans les années ordinaires, où trouvera-t-elle
une compensation aux récoltes disetteuses qui ne lui
laissent rien à vendre ? Si donc il était possible d'augmenter le rendement, il faudrait se hâter de réduire
l'ensemencement de crainte d'augmenter l'encombrement qui ne ferait qu'accroître la misère agricole. Dans
les années de disette, lorsque les efforts du cultivateur
seraient annihilés ou dominés par les accidents des saisons, les écarts des prix deviendraient encore plus
excessifs.

L'enquête a démontré que l'avilissement des prix résultait souvent d'excédants ou d'arrivages très-insignifiants, et dans une mesure hors de proportion avec ces excédants que les moindres intempéries sur l'année suivante, transformeront en déficits, — et puis n'est-il pas démontré surabondamment que si l'avenir doit amener la production des blés à bas prix, ce qui reste bien douteux, ce régime n'existe pas encore, et est bien loin d'exister ; qu'on ne peut l'admettre que pour quelques rares exceptions, et encore faudrait-il réviser bien des calculs ! Et enfin, depuis quand a-t-on demandé à une industrie, de baser son prix de vente non pas sur sa situation actuelle, mais sur des progrès présumés? le progrès d'une industrie s'est-il jamais escompté ?

Une dernière considération terminera cette discussion. L'enquête du Conseil d'État a démontré que la production, en France, était, en moyenne, inférieure d'un million d'hectolitres à ses besoins. — On portera ce manquant à cinq millions, si l'on veut bien remarquer qu'une quantité certaine échappe aux enquêtes, c'est la privation de nourriture que s'imposent les masses dans les années disetteuses; c'est la réduction de bien-être qu'elles subissent ou le remplacement de la ration journalière par des aliments plus grossiers. On en conclura que les prix ruineux ne sont pas justifiés, qu'ils ne prennent leur source que dans un encombrement passager dont on exagère, à volonté, l'importance, et sur lequel un commerce sérieusement organisé, comptant sur une légitime sécurité, aurait rapidement fixé les esprits. Il reste à savoir si un semblable commerce, pondérateur entre la production et la consommation, pourrait s'établir dans des conditions normales.

V

Le commerce des grains est appelé à réaliser, dans l'avenir, de superbes bénéfices, tout en améliorant la situation du producteur et celle du consommateur.

Il peut être utile, il sera certainement intéressant d'étudier, au moyen des documents officiels réunis par le Conseil d'État, la situation du commerce des grains de 1816 à 1858, et les phases par lesquelles il serait passé si une législation libérale lui avait permis de se constituer.

La manière la plus commode, la plus simple de diriger cette étude, sera de supposer que ce commerce organisé en une vaste compagnie financière, achète les excédants de production du pays, quand les prix étant tombés dans l'avilissement, l'exportation a eu lieu; le prix d'achat sera supposé au cours moyen de la mercuriale, dans la région où a lieu l'exportation, c'est-à-dire, dans la région N.-O.; ce prix ainsi accepté, sera toujours supérieur au prix réel qu'une compagnie aurait payé si elle eût existé de 1816 à 1858, car elle eût fonctionné aux bas prix, et non aux prix moyens que rapporte la mercuriale.

La compagnie vendrait quand, les prix s'élevant, l'importation a eu lieu. L'on admettra alors, pour prix de vente, celui de la région qui importe, c'est-à-dire, du Sud-Est, ce prix diminué de 1 franc comme représentant le bénéfice de l'importateur.

C'est en 1822, d'après le tableau n° 9, vol. 3, que les exportations ont commencé sur un chiffre de 71,250 hect. C'est cette quantité qu'on supposera représenter les excédants : elle va être achetée au cours moyen de 14^f 70 d'après le tableau n° 8 (région Nord-Ouest).

Fin 1822 (achat). . . . 71,250^h à 14 70 1,047,375^f »
Ajouter l'intérêt à 5%   52,368 »
Fin 1823 (achat). . . 88,860   15 90 1,412,874 »

On a fin 1823 . . . . . 160,110^h 15 43 2,512,617^f »
Intérêts pendant 1824 .   125,630 »
Achats fin 1824 . . . . 216,446 15 16 3,281,321 »

Total des réserves. . 376,556^h 15 72 5,919,568 »
Intérêts pendant 1825 .   295,978 »

On a en mag^{in} fin 1825. 376,556^h 16 50 6,215,546 »

La France achetant, en 1825, au prix de 20^f 35 la quantité de 151,438 hect. la compagnie aurait pu fournir cette quantité au prix de 19^f 35 au lieu et place des maisons anglaises ou grecques, et réaliser un bénéfice de 2^f 85 par hect. soit   431,598^f 30.

Mais on admet, pour base, de ne vendre qu'au-dessus du prix de production évalué à 24^f les autres ventes ne sont que de simples renouvellements.

On continue donc l'opération dont le point de départ est :

Fin 1825. . . . . . . 376,556^h à 16 50 6,215,546^f »
Intérêts de 1826 . . .   310,777 »
Fin 1826 (achat). . . 451,307   16 66 7,518,774 »

On a, fin 1826. . . . 827,863   17 80 14,045,097 »
Intérêts de 1827 . . .   702,254 »
Fin 1827 (achat) . . 152,721   15 83 2,417,573 »

On a aussi fin 1827. . 980,584   17,164,925 »

La France achetant, en 1828, la quantité de 967,903^h au prix de 26^f 26 en moyenne, il serait juste de tenir compte que la compagnie aurait pu réaliser, au moins, ce prix-là. Si donc, on se réduit au prix de 25ᶠ l'hect. on sera certainement au-dessous de la vérité ; or, à ce prix, les quantités en magasin, produiront. 24,514,600 » soit un bénéfice de   7,349,675 »

Si l'on suppose une compagnie organisée avec un capital de cinq millions servant de garantie aux opérations, elle aurait touché à 5 % les intérêts de son capital ainsi qu'il résulte du mode de comptabilité adopté, elle aurait couvert ses frais de magasin par les bénéfices courants réalisés sur les renouvellements et il lui resterait à partager, à titre de bénéfice, pour ces six années, une somme équivalente à 130 % de ce capital, soit 21 ¹/₂ % par an.

Allant plus loin, il serait facile de démontrer que le prix de 30ᶠ aurait été facilement atteint, car six années de rareté vont suivre ; il est certain d'ailleurs que les prix dont la moyenne dans le Sud est de 26ᶠ 26, ont dû dépasser, au taux supérieur, 32 à 33ᶠ dans cette contrée, et que, dans le Nord,

la moyenne 19 22, pour 1828,
            23 69, pour 1829,
            20 38, pour 1830,
            20 30, pour 1831,
            20 47, pour 1832,

indique des prix au moins égaux à 25ᶠ dans la limite supérieure.

En présence de ce résultat, une objection sera immédiatement formulée : on dira que si une compagnie puissante avait existé qui s'appropriât, par spéculation, toutes les quantités qui ont excédé les besoins de la France en 1822, 1823, 1824, les prix se seraient élevés nécessairement par suite de la demande et les opérations seraient devenues moins profitables qu'elles ne paraissent. Cette objection est vraie et doit être prise en considération précisément pour prouver qu'un commerce sérieux serait le plus sûr contre-poids contre les hausses exagérées, mais on ne doit point perdre de vue que les prix d'achat qui ont été admis, ne sont réellement pas ceux auxquels la spéculation aurait opéré ; que ces prix moyens, pour l'achat, sont supérieurs, tandis que, pour la vente, les prix moyens sont inférieurs à ceux qu'aurait saisis une compagnie opérant sur les céréales.

Ce qu'il faut conclure, et c'est à cela qu'on a voulu arriver par l'hypothèse actuelle, c'est que si au lieu d'une compagnie privée, au capital de 4 à 6 millions, n'ayant pour but que d'acheter, chaque année, les excédants disponibles du pays, il avait existé, en France, comme ce sera sous un régime de liberté, un commerce sérieux et puissant, fonctionnant d'une manière continue, ce commerce aurait opéré sur de plus vastes quantités et il serait arrivé, à l'époque des disettes avec des magasins capables de pourvoir, non pas seulement aux déficits de 1828, mais en grande partie, à ceux des cinq années qui ont suivi. Il devient évident que ce commerce en empêchant l'avilissement des prix pendant 1822, 1823, 1824, aurait stimulé ou maintenu la production et aurait préservé le consommateur, pendant les cinq années disetteuses, de bien grandes privations.

On comprend combien cette manière de poser la question est de nature à l'élargir en donnant une singulière importance aux bénéfices commerciaux et à la puissance d'équilibre obtenue entre la culture, d'une part, préservée des prix avilis, encouragée dans la production, et la consommation, d'autre part, mise à l'abri des variations excessives, source de démoralisation et de misère pour la classe ouvrière et aussi regrettables dans les bas prix que dans les hauts prix.

Si l'on veut continuer l'hypothèse précédente, il faut attendre à 1834 pour que la compagnie fonctionne de nouveau, à titre de réserve.

Elle achètera fin 1834.	274,303^h	20 47	5,614,982 41
Ajoutant l'intérêt 5 %			280,749 12
Elle achètera fin 1835.	284,803	14 39	4,098,315 17
Le magasin comprendra fin 1835 . . .	559,106	17 69	9,999,046 70
Intérêts pen^t 1836 . .			499,702 33
Achat fin 1836 . . .	103,694	15 95	1,653,919 30
En mag^{in} fin 1836. .	662,800	18 32	12,147,668 33
Intérêts pen^t 1837. .			602,383 41
Achat fin 1837 . . .	204,906	17 04	3,491,598 24
En mag^{in} fin 1837. .	867,706	18 71	16,241,649 98
Intérêts pen^t 1838. .			812,082 49
Achat fin 1838 . . .	567,510	18 92	10,737,289 20
En mag^{in} fin 1838 .	1,435,216	19 35	27,791,021 67
Vendu en 1839. . .	378,243	23 48	8,881,145 64
En mag^{in} fin 1839 .	1,056,973	18	18,909,876 03
Vendu en 1840. . .	1,056,973	23 36	24,690,889 28
Bénéfice.			5,781,013 25

C'est encore un bénéfice égal au capital, réalisé en six ans.

On pourrait présenter les mêmes observations que précédemment et faire voir qu'un commerce libre, agissant avec sécurité, serait arrivé en 1840, non pas seulement 1 million d'hectolitres, mais avec deux ou trois ; que les bénéfices obtenus eussent été aussi beaucoup plus considérables et que ces bénéfices n'auraient pu, en aucun cas, devenir usuraires et vexatoires relativement au service rendu au consommateur, parce qu'il ne s'agit plus d'une compagnie financière mais d'un commerce normal, fonctionnant sur toute la surface du pays.

Si l'on continue l'hypothèse :

On achètera fin 1841.	716,987ᵇ	16 80	12,045,381 16
Intérêts pendant 1842.			602,269 58
On achètera fin 1842.	311,607	17	5,297,319
En mag^in fin 1842. .	1,028,594	17 44	17,944,969 74
Vendu en 1843. . .	1,028,504	22 16	22,793,643 24
Bénéfice.			4,848,673

Ainsi, un capital de 5 millions nécessaire pour créer une grande indépendance à la compagnie et garantir son crédit, aurait encore produit un bénéfice égal au capital, et ce résultat n'est pas plus, que précédemment, un cas fortuit, et le prix de 22ᶠ 16 n'est point passager. On voit d'après le tableau n° 22, le cours de 1843 atteindre 23ᶠ 27 en juillet, et 23ᶠ 36 en août. Que serait-ce si la compagnie atteignait, en 1846, le prix de 25ᶠ 95 et celui de 27ᶠ 72 en 1847, alors que la France demandait à l'étranger 9 millions d'hectolitres de blé ? Toujours est-il que le bénéfice résultant des chiffres admis est de 40 % pendant chacune des deux années 1841 et 1842.

Si l'on continue la même hypothèse, on arrivera pour opérer, à la fin de 1848.

On achète fin 1848.   720,499^h 15 87 11,434,319

Intérêts pen^t 1849. .   571,715 9 5

On achète fin 1849 . 3,027,932 15 08 45,661,114 56

En mag^{in} fin 1849. . 3,748,431 15 39 57,667,149 51

On pourrait réaliser , à ce moment , de superbes béné_fices ; car le prix anglais atteint , en juillet 1849 , le chiffre de. . . . . 20^f 74 qui laisse une marge de 5^f par hectolitre (voir l'état n° 22); et en France, il atteint 17^f 03 en mai. Toutefois , comme on a supposé que le commerce qui a été personnifié en une compagnie privée , s'est fait la loi de n'agir que par renouvellement sans entamer ses réserves, tant que les cours seraient inférieurs aux prix de revient de la culture , l'opération devra être poursuivie :

Le mag^{in} fin 1849. . 3,748,431^h 15 39   57,667,149

Intérêts pendant 1850.   2,883,357 40

Achats fin 1850. . . 4,463,925 13 60 60,709,380

En mag^{in} fin 1850 . . 8,212,356 14 76 121,259,886

N. B. Les prix anglais atteignent 18^{f}77 en août, état n° 22, et donnent une marge de 4^f par ^{h}.

Intérêts pen^t 1851. .   6,062,994

Achats fin 1851 . . 4,900,829 13 40 65,671,108 60

Mag^{in} fin 1851. . . 13,113,185 14 70 192,993,989 85

N. B. Les prix anglais atteignent 18^{f}45 en juillet. Les prix français (Tableau 22) 16^f 36 dans le même mois, tandis qu'ils sont (tableau 8) à 17^f 49 pour Marseille.

Intérêts pen' 1852 .		9,649,699 49
Achats fin 1852 . . .	2,157,408 16 40	35,381,491
Magⁱⁿ fin 1852 . . .	15,270,593 15 59	238,025,180 34

N. B. Le prix atteint 23^f 43 au Sud-Est (tabl. n° 8) et 28 64 en décembre (tableau 22). Il ne dépasse pas en Angleterre 30^f 77 et il s'y trouve souvent inférieur au prix français. Ce pays va commencer à profiter sérieusement de la liberté commerciale qui date, avec la loi de S. R. Peel. , de l'année 1847.

Intérêts pendant la ¹/₂ de 1853. . . .		5,950,629 50
Total.	15,270,593	243,975,807 84
Vente en juin 1853 .	3,720,763 25 (¹)	93,019,075 84
Reste en juin 1853.	11,549,830 13 07	150,956,734
Intérêts pendant la ¹/₂ de 1853.		3,773,918
Magⁱⁿ fin 1853 . . .	11,549,830 13 39	154,730,652

N. B. En réalisant à la fin de 1853, au prix de 28 64, on ferait plus que doubler le capital et ce serait le résultat de cinq années qui représente-

---

(¹) Ils ont valu 28^f 64 en décembre 1853 (tableau 22).

rait un bénéfice de 150 millions. Mais on continuera à ne vendre que les quantités indiquées comme importées dans les tableaux du Conseil d'État.

Intérêts $^1/_2$ 1854 . .		3,868,266 30
Total.	11,549,830	158,598,918 30
Vente en Juin 1854 .	5,373,457 28 30	152,068,833 10
Reste en juin 1854 .	6,176,373	6,530,085 20
Intérêts $^1/_2$ 1854 . .		163,252 13
Mag^{in} fin 1854. . . .	6,176,373	6,693,337 33
Intérêts $^1/_2$ 1855. . .		167,333 13
Mag^{in} fin juin 1855 .	6,176,373	6,860,670 46
Vente en juin 1855 .	3,502,473 30 (¹)	105,941,901
Reste en juin 1855, en magasin et numéraire	2,673,900	99,081,236 20
Intérêts pen^t 1855. .		2,477,030 75
Vente en 1856. . . .	2,673,900 30 (²)	80,217,000
Bénéfice total		181,775,260 95

(¹) N. B. Le prix a été de 31f 54 (tableau 8); il a été de 33f 30 (tableau 22) et il atteint en Angleterre (tabl. 24 le chiffre de 37f 75·

(²) N. B. Le prix (tableau 8) a atteint dans le nord 31f 94 en 1855, et 32f 93 en 1856, dans le Sud. D'après le tableau n° 22, la moyenne atteint, en France, 33f 97 en juillet, et 32f 70 dans le même mois en Angleterre qui recueille, en plein, le bénéfice de la loi nouvelle.

On réalise donc pendant 7 années qui s'écoulent de 1849 à 1856, un bénéfice égal à trente fois le capital engagé. Que serait-ce donc, si au lieu d'admettre le prix de 30 francs, on mettait, en ligne, les prix réels qui ont affligé le pays de 40 à 45' ?

Une dernière remarque, c'est que la vente définitive qui liquide ce compte, laisse les magasins vides au moment où les besoins du pays vont exiger pour 1856, une introduction supplémentaire de   6 millions d'hect. pour 1857.   3 millions $^1/_2$.

En résumé, quatre périodes viennent d'être soumises à un examen rétrospectif, en prenant pour base des chiffres complètement officiels et ils ont donné des résultats similaires. N'est-on pas en droit de conclure qu'il existe, en France, les plus larges conditions pour un commerce de grains très-lucratif, et que ce commerce serait en même temps un bienfait pour l'agriculture dont il maintiendrait les prix, éclairerait la marche et encouragerait la production ?

L'intelligente économique des masses, le besoin d'une popularité de mauvais aloi dans le pouvoir, ont privé depuis des siècles, la France de ces avantages.

VI

Examen des divers remèdes proposés pour améliorer l'industrie agricole ; dégrèvement foncier. — Institution de crédit — Caisse de la boulangerie et réserves. — Lois protectrices.

En recherchant au chapitre IV, les causes de la fâcheuse situation de l'agriculture en France ; en discutant certaines de ces causes indiquées par les écrivains et par l'enquête de 1859, il a été impossible de ne pas aborder, de fait, les remèdes proposés, et de ne pas

prononcer implicitement sur leur valeur. Il est, nonobstant, nécessaire d'en faire un examen spécial en adop-
tant l'ordre dans lequel ils ont été classés en tête de ce
chapitre.

1° Dégrèvement foncier.

Dans les comparaisons que beaucoup d'esprits obser-
vateurs s'efforcent constamment d'établir entre la France
et l'Angleterre, croyant trouver là le moyen de dégager
la vérité d'un problème aussi ardu que celui de la production agricole, ils ont bien souvent été entraînés dans
une erreur grave par la concomitance de certains faits,
auxquels ils ont attribué une connexion relative.

Dans les deux pays, l'assiette de l'impôt est complètement différente : l'impôt foncier a très-peu d'importance en Angleterre, l'impôt indirect y prédomine.

Il était naturel d'attribuer à cette circonstance, la
situation toujours plus prospère de l'agriculture anglaise
et de demander en France, un dégrèvement foncier.
C'est, du reste, un expédient auquel on a eu recours à
plusieurs reprises, quand on a voulu calmer les plaintes
par trop vives des cultivateurs. Eh bien ! il sera facile de
démontrer que si demain, l'impôt foncier était effacé
complètement du budget français et qu'un nouvel impôt
sur le timbre, l'enregistrement, les draps, les soieries,
les forges y fût substitué, rien ne serait changé à la
situation agricole dès qu'un temps suffisant aurait permis
aux industries sur-imposées de rétablir leur équilibre
troublé et de modifier leurs prix de vente,

Si, en effet, l'argumentation employée au chapitre 3
a été bien comprise ; si, dans l'organisation de la société
française, il est vrai que c'est l'agriculture qui est char-

gée de solder en bénéfices, le compte de toutes les industries : s'il est vrai que ces industries établissent leurs
factures comme il a été expliqué page 17, quel intérêt
pourrait avoir l'agriculture à un dégrèvement, si ce n'est
qu'un simple déplacement? si la somme dégrévée doit continuer à rentrer au trésor quel que soit le nom sous lequel elle
y entre, elle continuera d'être supportée, au moyen d'une
rotation dilatoire, toujours sur l'agriculture ; plus les
circuits seront longs pour en dissimuler la provenance
véritable, et plus la charge s'accroîtra par les frais de
perception. Il est donc juste de dire qu'il n'y a pas d'intérêt agricole dans les dégrèvements fonciers, en tant que
déplacements d'impôts ; s'il s'agissait d'une véritable
réduction dans les charges publiques, il en serait tout
autrement : il n'y a nul doute que c'est un intérêt de pre-
mier ordre pour l'agriculture qu'elles soient ramenées
au plus strict nécessaire, puisque c'est à elle qu'incom-
bent, sans profit, toutes les dépenses improductives,
sacrifices pour la guerre, exagération du luxe public.
Si donc elle est sans intérêt dans un simple dégrèvement,
elle ne saurait trop peser dans la balance pour la réduction des charges publiques.

En résumé, si l'on veut bien se pénétrer du rôle que
joue, en France, l'agriculture dans le mécanisme des
charges publiques, on ne peut la comparer qu'à l'Océan ;
c'est lui qui, au moyen de cette pompe continue qu'on
appelle l'atmosphère, donne l'eau aux plus faibles fontai-
nes, crée les torrents sur les montagnes, fait fonctionner
les usines sur nos cours d'eau, alimente la chaudière à
vapeur, et fournit l'humidité nécessaire à la végétation
des plantes; quelque direction que suive du Nord au

Midi, ou de l'Est à l'Ouest, ce fleuve aux courants puissants ; quelques brusques détours qu'il fasse dans son
parcours ; quelque limpide que soit ce filet d'eau ; leur
aliment a une seule et même source ; toutes les transfor-
mations dont l'homme est chaque jour témoin ; tous
les phénomènes atmosphériques ne sont que les rouages
d'une immense machine dont l'Océan est le réservoir ;
tel est le rôle de l'agriculture. Malgré les mille formes
que revêt l'impôt, malgré les artifices sous lesquels il se
dissimule, les circuits qu'il parcourt, un œil attentif ne
s'y trompera pas : sa source véritable, sa source unique est
l'agriculture quoi qu'en aient dit les économistes étudiant la
formation des richesses. Toute industrie manufacturière
ou commerciale, grande ou petite, frappée dans ses produits par une disposition fiscale quelconque, ne réduit pas,
pour cela, le taux de ses bénéfices ; mais par une tacite
unanimité, elle rejette la charge nouvelle, sous forme
d'enchérissements infiniment petits, sur l'agriculture
qui lui fournit vingt-cinq millions de consommateurs ;
c'est elle qui, en définitive, rétribue tous les services
publics depuis la modeste paye du soldat jusqu'à la liste
civile ; c'est elle qui paye les timbres de la régie, les droits
de douane dont le commerce ne fait que l'avance, et
toutes ces sommes énormes qui, par mille canaux et
d'innombrables détours, affluent aux caisses publiques.
Pour elle, l'économie générale est un bienfait ; les dégrèvements ne sont qu'un leurre.

Est-il bien nécessaire maintenant de revenir à l'assiette
de l'impôt anglais, et de prouver que ce n'est pas à cette
assiette, mais à des causes plus sérieuses qu'il faut attribuer la supériorité agricole dans ce pays ? Là, en effet,

l'agriculture a un sentiment très-net de sa dignité et de son importance ; elle ne manque ni d'union, ni de force, ni de volonté pour qu'une légitime influence lui soit maintenue dans les affaires publiques ; sa richesse lui permet et lui a toujours permis d'emmagasiner ses produits plutôt que de vendre à perte. L'attachement de l'aristocratie anglaise pour la vie des champs, attachement qui prend sa source dans une profonde intelligence des conditions sociales, lui assure constamment des chefs puissants et dévoués, capables de comprendre ses besoins les plus intimes, de porter son drapeau et de défendre ses intérêts qui sont les leurs. Elle comprend sa force, et elle est réellement une puissance avec qui l'on compte.

En France, il n'en a jamais été ainsi par une conséquence fatale des instincts nationaux. La politique séculaire des rois a toujours été de détacher les grandes familles de la vie rurale trop favorable à l'indépendance des hommes, et, depuis quarante ans, on peut dire que l'agriculture n'a guère obtenu des pouvoirs publics, que quelques discours d'apparat et de brillantes promesses toujours oubliées dès que les difficultés du moment ont perdu de leur gravité. En Angleterre, la famille agricole ne s'abandonne pas ainsi ; ses besoins et ses griefs légitimes sont étudiés et satisfaits, comme l'affaire la plus importante, la plus urgente de ce gouvernement, chargé cependant de si graves intérêts et peut-être est-ce là qu'il faut chercher l'explication de la sécurité et du calme dont l'Angleterre a joui au milieu des grandes crises européennes. En France, au contraire, pendant un demi-siècle de paix, l'autorité s'endormant sur

ce calme silencieux qui règne constamment à la surface
de la société agricole, préoccupée des agitations des
masses urbaines et industrielles, n'a point trouvé le
temps de la doter des institutions rurales les plus urgen-
tes, et ce n'est qu'aujourd'hui qu'il est permis d'espérer
enfin ce code rural si souvent, si inutilement réclamé.

2° *Institution de Crédit.*

Il a été dit au chapitre IV, et il est inutile de répéter
les arguments produits pour démontrer que le crédit
utile à l'agriculture comme à toutes les industries, n'était
point, pour elle, un besoin pressant ni un remède héroïque.

3° *Caisse de la boulangerie et réserves.*

C'est une idée logique que celle des greniers d'abondance, aussi date-t-elle de loin. C'est cette idée si simple qui se présenta à l'esprit de Joseph et que l'on a
rappelée en tête de cette étude. Économiser dans les
années d'abondance pour venir en aide aux années de
disette, modérer les hausses excessives au moyen d'une
réserve sagement ménagée; maintenir les prix à un taux
rémunérateur dans les années d'abondance, par le besoin
de reconstituer les réserves épuisées, c'est réellement la
solution du problème des subsistances. Dans les sociétés
anciennes on procédait ainsi, et aujourd'hui encore, les
douars africains donnent l'exemple de cette sage prévoyance et ne vendent leurs excédants de blé qu'après avoir
garni leurs silos afin de pourvoir aux mauvaises récoltes.
Il est certain que l'efficacité de ce moyen ne doit pas être
exagérée dans une agglomération d'hommes considéra-
ble et au sein de populations qui dépensent invariablement le dimanche, tout le gain de la semaine, sans se

préoccuper, le moins du monde, si la semaine suivante
offrira assez de travail pour assurer le pain quotidien.
En résumé, les réserves de la boulangerie sont une ressource restreinte mais réelle. Une seule condition doit
être posée pour l'emploi de ce moyen, c'est que la réserve
ne fonctionne que dans son but légitime et avoué ; dans
l'état normal, on n'y doit toucher que pour assurer, par
le renouvellement immédiat et même préalable, la conser-
vation des grains en magasin. Cette condition sera plus
difficile à maintenir qu'on ne le supposerait, et si l'on veut
avoir constamment sous les yeux ce qui a été dit de
l'imprévoyance des classes urbaines, de leurs exigences
en face de la moindre hausse du prix du pain, on reconnaîtra que souvent l'administration, par faiblesse ou par
un faux calcul de popularité, pourra se laisser aller à
faire de la réserve de la boulangerie, un instrument
dangereux pour amener sans opportunité, sans nécessité,
la dépréciation du blé. La déposition de M. de Beville,
aide-de-camp de l'Empereur, rapportée au chapitre 1er, a
dit la vraie pente de tous les gouvernements : le passé
tout entier doit tenir en éveil contre les abus possibles,
presque certains, d'une sage mesure.

D'un autre coté, il faut bien se dire que les réserves
de la boulangerie ne pouvant se reconstituer que dans les
bas prix et les prix moyens, la ressource deviendrait
insuffisante et disparaîtrait devant la prolongation des
mauvaises récoltes.

4° Droits protecteurs.

L'enquête et tous les écrits agricoles ont fait assez
justice des anciens errements protecteurs, échelle mobile,
prohibitions, droits de sortie et d'entrée, pour qu'il sem-

ble inutile de revenir sur des moyens suffisamment jugés par les résultats. Il restera à l'histoire économique du pays, de faire voir que la législation de 1819 fut pro-voquée non par l'agriculture qui n'en avait que faire, mais par l'industrie qui avait besoin d'une grande compli-cité pour établir, sur une base solide, des règlements de douane qui pèsent si lourdement sur l'état économique du pays; quant à la dernière levée de boucliers en faveur de l'échelle mobile, nul se trompera sur ses auteurs : *Is fecit cui prodest.*

5° Liberté commerciale.

La liberté du commerce des grains, c'est la conclusion forcée, c'est la sanction de toute cette étude. Il a été démontré par l'examen des causes, par celui des remè-des proposés que tous les autres moyens étaient sans portée ou insuffisants. Reste donc celui-là que les éco-nomistes ont, de tout temps, prôné et conseillé. L'exposé des conséquences de cette mesure démontrera qu'elle es réellement nécessaire et qu'elle sera efficace.

VII

Résumé et Conclusion.

On a avancé, que des pertes permanentes sont la vé-ritable cause de la situation gênée de l'agriculture en France ; que ces pertes ne peuvent s'expliquer par un excès de production, mais par l'ignorance systématique où le cultivateur est entretenu sur l'état du marché, et par le défaut de sécurité qui est la condition normale du commerce des grains ; que c'est de cette cause que dé-coulent les souffrances du producteur et les prix exces-sifs supportés périodiquement par le consommateur, le

dégoût et l'abandon de la vie rurale, tant par les propriétaires que par les colons ; que des dégrèvements fonciers sont illusoires, impuissants pour modifier cet état
de choses.

Il a été démontré que l'esprit de prévoyance, péné-
trant dans les habitudes sociales, serait un puissant correctif à des encombrements momentanés, sans portée
sérieuse, mais exploités fâcheusement contre le producteur qu'on ruine et qu'on décourage. On a fait remarquer que le nouveau règlement de la boulangerie était
un moyen précieux, mais insuffisant pour suppléer à la
prévoyance privée, et que dans son application, il était
à craindre qu'on oubliât trop facilement son but avoué,
et qu'il ne devînt une arme dangereuse dans les mains
d'hommes sans expérience des conditions agricoles.

Prenant pour exemple l'équipage du navire en par-
tance pour un voyage lointain, qui impose à ses passa-
gers l'obligation de se munir de vivres proportionnés à
la durée de la traversée, sous peine de faire peser de
cruelles privations sur les hommes plus prudents, on a
conclu que pour suppléer à cette prévoyance qu'on ne
peut attendre des masses, le seul remède héroïque, à la
hauteur de la gravité des exigences, était la liberté commerciale, c'est-à-dire, la faculté de vendre et d'acheter
les grains, de les emmagasiner en toute sécurité, de les
exporter, en tout temps, sous la sérieuse protection de
la loi, de les importer, de même, en acquittant non pas
un droit de protection, mais un droit fiscal et même un
simple droit de balance.

Si, ainsi que doivent le faire espérer, les tendances
commerciales de l'administration, cette liberté s'écrit

dans la loi ; si elle est fermement maintenue, elle péné-
trera peu à peu dans les mœurs du pays qui en reconnaîtra rapidement les bienfaits ; il s'étonnera que l'antique
échafaudage de restrictions ait duré si longtemps. Un
commerce sérieux et honorable, ayant acquis confiance
et sécurité, s'organisera de toutes parts; il a été démontré, § 5, qu'il avait sa raison d'être, puisque de larges
bénéfices lui sont assurés en sauvegardant l'intérêt même
du consommateur. Ce commerce créera des réserves
autrement importantes que celles assignées à la caisse de
la boulangerie, réserves qu'il tendra à augmenter tant
que les prix de vente seront avilis, tant qu'ils s'é-
tabliront au-dessous du prix normal de revient. —
Entre ce commerce et la culture, une solidarité légitime sera créée. Sous son contrôle, en présence des né-
gociants vendeurs et acheteurs, la quotité des récoltes
françaises et étrangères se dégagera nettement ; les publications commerciales deviendront le guide véridique des
cultivateur. Il sera sauvegardé par la vigilance commerciale, et délivré de ces bas prix, sans raison d'être,
qui causent la ruine et l'abandon de la culture. Des relations durables se créeront à l'extérieur, et on y trouvera
une ressource précieuse, assurée, pour les temps d'encombrement et pour ceux de famine. Les disettes auront
un sérieux correctif dans ces réserves maintenues au
dedans, dans ces relations permanentes créées au dehors,
et surtout dans le maintien des cultures nationales. D'un
autre côté, le bénéfice du cultivateur augmentant, par
une rémunération régulière, son exploitation s'amélio-
rera, ses produits seront plus variés et plus considérables; le prix de revient diminuera réellement, d'une ma-

nière équitable et légitime pour tous; la dépopulation
des campagnes s'arrêtera....

On trouvera, de prime abord, ce tableau exagéré; on
reconnaîtra qu'il est strictement vrai, et qu'il est impossible de maintenir plus longtemps un système où l'état
est chargé de pourvoir à l'imprévoyance de ceux qui sont
les mieux partagés sous le rapport du salaire, et cela
aux dépens du cultivateur qui fournit, à la sueur de son
front, toutes les sommes employées en assistance publi-
que, vraies primes d'encouragement pour le délaissement
de la vie des champs.

Est-il nécessaire d'ajouter que, pour que la liberté du
commerce des grains produise tous ses effets, elle doit
être accompagnée des autres mesures que l'agriculture
n'a cessé de réclamer : la sanction des engagements agricoles entre le cultivateur et le manœuvre, et la protection des récoltes, sous l'égide d'un bon code rural; —
la mise complète en état et l'entretien des voies vicina-
les; — le développement des associations agricoles; — la
vulgarisation des habitudes de prévoyance dans les campagnes et au sein des populations urbaines; — les règlements les plus propres à décourager la mendicité ?

Un dernier mot comme conclusion :

Si cette réforme si désirable ne s'établit pas, avec le
concours de l'Administration et toutes les forces vives
de la nation, elle sera imposée par la nécessité et de
cruels sacrifices. Si le titre d'accapareur continue de
peser sur le commerçant en grains; si ce stygmate fatal
sur lequel le Conseil d'État a justement insisté, reste,
comme par le passé, une épée suspendue sur la vie et la
fortune de l'acheteur de grains; c'est de l'autre côté de

la Manche que la spéculation viendra poser son camp. L'Angleterre en possession de la loi de S. R. Peel, est désormais sur le pied d'égalité avec la France pour le prix des subsistances. Son industrie a des avantages sérieux sur l'industrie française : elle produit à plus bas prix, et le dernier traité de commerce a presque égalisé les situations respectives. En présence de cette lutte certaine, l'industrie française essaiera de peser davantage encore sur le prix des grains pour y retrouver une partie de ses avantages. L'Angleterre se trouvera ainsi amenée à s'approprier tous les excédants des grains français avilis malgré leur qualité et leur proximité ; elle créera, chez elle, cet entrepôt que la France aura répudié malgré tous les avantages de position qui l'y ont constamment conviée ; l'Angleterre deviendra le magasin général des grains, et la France qui lui aura vendu ses récoltes à vil prix, sera trop heureuse de lui payer, pour les racheter ces différences qui ont été constatées dans les tableaux du § 5.

A la supériorité commerciale, à la supériorité maritime, à la supériorité industrielle, à l'esprit d'entreprise, à l'abondance des capitaux, à la richesse métallurgique, l'Angleterre joindrait encore le monopole des subsistances dans les années de disette ! Ce serait là le couronnement de l'œuvre de S. R. Peel, et dans un siècle où la richesse est synonyme de force, tout bon Français devrait se préparer à entendre le sinistre *Væ victis !*

(*Extrait des* ANNALES *de la Société d'Agriculture de la Gironde,*
XVe *année*, 3e *et* 4e *Trimestres* 1860).

BORDEAUX. — IMP. DE F. DEGRÉTEAU ET Cie

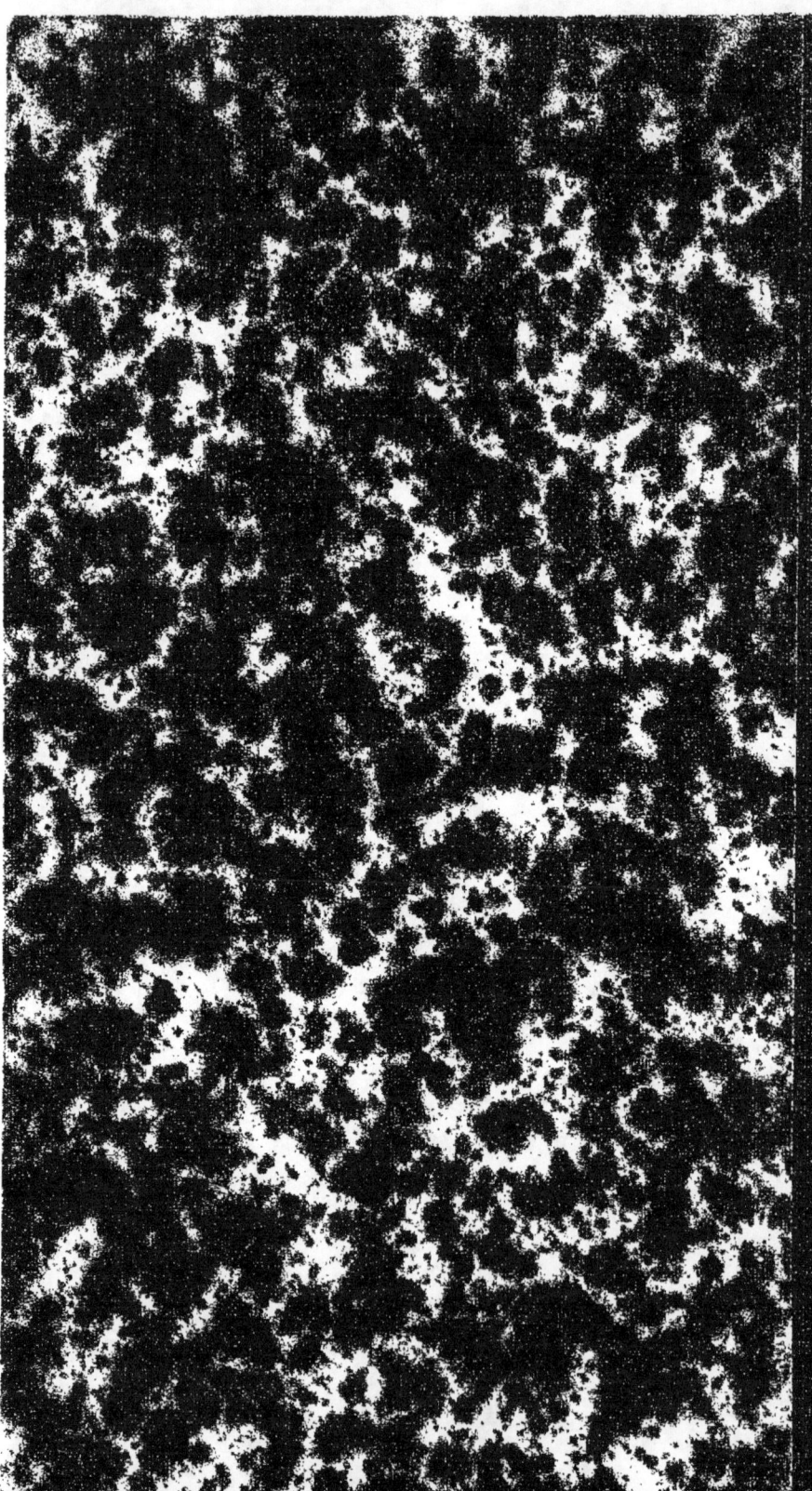

www.ingramcontent.com/pod-product-compliance
Lightning Source LLC
Chambersburg PA
CBHW061656180626
46818CB00003B/1121